Von Ende bis Anfang

Mein Leben nach dem Unfall – Teil 2
Vom Regen in die Traufe

Catarina Köppchen

Von Ende bis Anfang

Mein Leben nach dem Unfall - Teil 2
Vom Regen in die Traufe

Bibliografische Information der Deutschen Nationalbibliothek:
Die Deutsche Nationalbibliothek verzeichnet diese Publikation in der Deutschen Nationalbibliografie; detaillierte bibliografische Daten sind im Internet über dnb.dnb.de abrufbar.

©2021 Catarina Köppchen

Herstellung und Verlag:
BoD – Books on Demand, Norderstedt

ISBN: 9783754310441

Gestern hat der Dieter angerufen und mir gesagt, wie gut ihm meine Aufzeichnungen gefallen hätten. Ihm und auch der Maria. „Gut gefallen" ist wohl nicht der richtige Ausdruck. Er meinte, es habe ihn beeindruckt und wohl auch bewegt, da er das alles, was „meinen" Unfall betraf, gar nicht so mitbekommen habe. Er war auch der Meinung, ich solle weiterschreiben. Er sagte, das sei auch für die Familiengeschichte wichtig. Ja, und so sitze ich wiederum hier und schreibe. Zu berichten gibt es viel. Schließlich habe ich doch Einiges erlebt. Auch, wenn es für andere unwichtig ist, ich merke wie gut es mir tut, mir manches von der Seele zu schreiben. So war es ja auch mit meinem ersten Bericht: Das Schreiben hat mich erleichtert und es tat gut, einfach noch mal in die Erinnerungen zurückzukehren. Es hilft, vieles klarer zu sehen.

Also setze ich jetzt meine Erinnerungen fort und schreibe über Teile meiner Schulzeit ab 1981 bzw. 1982. Da denke ich als erstes ans Skilager im Februar ʼ82.
Am Max, also dem Maximiliansgymnasium in München-Schwabing, fuhren zu dieser Zeit immer die 7. und die 8. Klassen nach Piesendorf. Der „Hausberg" war für uns das Kitzsteinhorn. Das ist ein Gletscher auf dem oben verstärkt ultraviolettes Licht scheint. Deswegen war es auch schon damals Pflicht, eine Gletscherbrille zu tragen und auch sein Gesicht mit besonders hohem Lichtschutzfaktor einzucremen. Es gab sogar einen extra Lippenbalsam! Der hat richtig gebitzelt auf den Lippen. Sie bekamen durch den Balsam einen weißen Schutzschild, der sie vor den ultravioletten Sonnenstrahlen schützen sollte.

Bevor wir das erste Mal mit der Standseilbahn nach oben fuhren, gab es erstmal eine schlechte Überraschung. Nämlich, dass sich eine Schülerin aus der achten beim Skifahren ein Bein gebrochen habe. Die achten waren schon eine Woche vor uns im Skilager. Dieses Mädchen stellte sich zu meinem großen Schreck als meine frühere beste Freundin Vroni heraus. Die Arme lag mit einem riesigen Gips (so wie der, den ich ein Jahr zuvor auch hatte) im Bett. Trotz allem ging es ihr aber doch ganz gut.

Die Erlebnisse des Skilagers waren sehr schön, wir sind viel Ski gefahren und waren guter Laune. Dort im Speisesaal habe ich zum ersten Mal Almdudler getrunken. Der war soo lecker! Als ich viele Jahre später, das ist jetzt vielleicht so fünf bis sechs Jahre her, wiedermal diese köstliche Kräuterlimonade getrunken habe, da hab ich direkt gesagt: „Das schmeckt nach Skilager!"

 So ist das ja öfters, dass einem durch Geschmack oder Gerüche ganz bestimmte Orte und Situationen wieder einfallen, die man damit in Verbindung bringt. Ebenso das dazugehörige – meist gute – Gefühl, das man damals hatte. Und natürlich ist es mit Musik ganz genau so. Mir geht es oft so, dass ich bei bestimmten Liedern aus meiner Jugendzeit ganz genau die gleichen Empfindungen habe wie ich sie bei dieser Musik eben auch schon vor Jahren hatte.
Das macht mich dann ganz sentimental, und stimmt mich etwas melancholisch. Denn um ehrlich zu sein hab ich ja bei besonders schöner Musik und entsprechenden Texten ja immer an irgendeinen Jungen oder Mann gedacht. Das hört

sich nach einer Menge Freunde an, aber so war das nicht. Es waren eher Schwärmereien. Bis auf Bernd oder den einen oder anderen Stefan.

Wie auch immer, das ist alles Vergangenheit. Das Faszinierende ist einfach nur, dass durch einen der Sinne vermeintlich Vergessenes wieder auflebt.

In der Zeit im Krankenhaus hatte ich ja das Alleinsein gelernt – ja, lernen und aushalten müssen.

Wie das viele Grübeln und Denken. So war in mir oft ein leeres Gefühl, wie in einer Art Vakuum, wenn ich in mich hineinhorchte und mich eines Tages fragte: „Wer wär hier, wenn ich nicht wär?" Diese Frage verfolgte mich und ich war mir sicher, dass mein Platz eigentlich jemand anderem gehörte, ja gehören musste. Allerdings fand ich einfach keine Antwort auf meine Frage. Das zog mich wie in einen Strudel, so als hätte man mir den Boden unter den Füßen weggezogen und ich wäre in leerer Dunkelheit gefangen.

Die 7c war also dann meine neue Klasse. Wir waren vier Mädchen und zwanzig Jungen. Das war eigentlich ganz lustig, aber oft auch etwas einsam. Das merkte ich aber auch erst nach und nach. Anfangs war ich noch interessant, wahrscheinlich auch deshalb, weil jeder wissen wollte, wie blöd ich doch nach dem Unfall bin. Ich war notenmäßig eher mäßig, verglichen mit meinen früheren Leistungen. Vor allem in Mathe lernte ich schon bald meine Grenzen kennen. Das führte in der 8. Klasse dann sogar zur Nachprüfung, da ich nicht nur in Mathe eine 5 im Zeugnis hatte, sondern auch in Physik.

Dass ich die Nachprüfung machen musste, hat mir der damalige stellvertretende Direktor auf dem Schulsommerfest vor den großen Ferien verkündet. Das war ein regelrechter Schock für mich. Und so musste ich in den Sommerferien jeden Tag Mathe und Physik pauken. Eine Woche hatten mir meine Eltern allerdings frei gegeben: ich durfte zu Freunden ins Münsterland fahren. Dort bin ich immer gerne gewesen. Mamis alte Schulfreundin und ihr Mann haben einen Bauernhof dort und vor allem sechs Kinder. Anne wohnte zu dieser Zeit wegen ihres Studiums woanders und so durfte ich in ihrem Zimmer schlafen. Ihre fünf Brüder lebten alle noch zu Hause. Es war immer lustig und ich verbrachte seitdem beinahe jede Ferien ein paar Tage dort.

Kurz bevor das neue Schuljahr1983/ 84 begann, musste ich dann also die Nachprüfung in Mathe und Physik schreiben. Ich weiß noch, dass mir richtig schlecht vor Angst war. Alle Schüler, die zur Nachprüfung kamen, saßen im gleichen Klassenzimmer, wo jeder die für ihn bzw. sie wichtige Schulaufgabe schrieb. Bei uns hießen die Klassenarbeiten Schulaufgaben. Während eines der beiden Vormittage kam der zukünftige neue Direktor und stellte sich uns – jedem Einzelnen persönlich – vor. Das hat mich total gestört, denn schließlich hat er dadurch meine Konzentration zerstört! Wie ich später erfuhr, war er früher der Lateinlehrer von mindestens zwei meiner Onkel!
Neben seiner kurzen Stippvisite führten natürlich Lehrer Aufsicht, damit auch ja niemand von uns fuschen konnte. Ich erinnere mich da am deutlichsten an den Herrn H., der als der strengste Lehrer der Schule galt. Er schien aber recht

10

freundlich zu sein an diesem Tag. Als ich ihn später in Griechisch als Lehrer bekam, begrüßte er mich im Unterricht etwa so: „Na, siehst du, da hat sich die Anstrengung doch gelohnt!"

Ich habe die Nachprüfungen also mit Ach und Krach bestanden. In Mathe hatte ich wieder eine 5, aber Herr O. hatte es geschafft, mir eine 4 in Physik zu geben. Und mit EINER 5 kam man ja in die nächsthöhere Klasse. Den Herrn O. hatte ich von da an erstmal auch in Mathe. Das war vermutlich mein Glück! Obwohl ich weiterhin schlecht, ja grottenschlecht war, schaffte ich es doch wenigstens die 5 zu halten. Das ist absolut nicht rühmlich, aber so war es nun mal. In Physik hielt ich mich dann auch bei einer 4. Mathe und Physik gehörten demnach absolut nicht zu meinen Lieblingsfächern! Das waren Sport, Wirtschaft- und Recht(slehre) und Englisch!

In Sport war ich allerdings scheinbar immer unter genauer Beobachtung. Wir mussten z.B. immer zum Aufwärmen in der Turnhalle im Kreis laufen. Nach einiger Zeit sprach mich dann der oder die Lehrer/ in an und ich musste mich auf die Bank setzen und den anderen zuschauen. Das fand ich total gemein, denn ich wollte auch weiterlaufen. Ich vermute, dass sie angewiesen worden waren, darauf zu achten, dass ich mich noch nicht zu sehr anstrenge. Ich bekam nämlich immer schnell einen roten Kopf. Das ist auch heute noch so. Sobald ich mich körperlich anstrenge scheint mir alles Blut in den Kopf zu fließen. Meine Hände und Füße jedenfalls bleiben noch lange kalt. Es dauert etwa zehn bis fünfzehn Minuten bis ich auch die angeheizt habe. Ich habe, das ist mittlerweile ärztlich amtlich, niedrigen Blutdruck. Ich hatte auch oft Kopfschmerzen. Ich weiß noch wie mich der Herr O. ganz arglos fragte, ob ich die durch den Föhn hätte. War auf jeden Fall eine gute Idee. Aber auf diesen speziell in Bayern bekannten Wind reagierte ich damals und auch heute nicht.

So ging das 9. Schuljahr trotz aller Angstanfälle vor Schulaufgaben, Exen oder Referaten auch irgendwie vorüber. In Griechisch war ich auch mehr mäßig als gut. In der 10. Klasse wurde das keineswegs besser. Ich pendelte mich auf eine 4 ein, und war noch froh darüber. Denn der Herr H. war nicht grade entgegenkommend. Obwohl, eigentlich ja schon. Er gab einem durch die vielen unangesagten Wissensabfragen, den so genannten Ex(temporal)en doch die Möglichkeit, sich zu verbessern. Das war bei mir leider nicht so richtig erfolgreich. Sobald ich ein leeres Din A 5 oder bei Schulaufgaben ein DIN A 4 Blatt vor mir hatte, ergriff mich Panik. Ich hatte Angst, zu versagen, was ich dann ja auch meistens tat. Nur einmal hab ich in einer Matheex tatsächlich eine 1 geschafft, ehrlich gesagt aber nur, weil ich da gespickt habe. Das tat ich danach aber nicht mehr, denn die Furcht, dabei erwischt zu werden, erzeugte bei mir nur noch größeres Unbehagen. Dieser einen 1 hatte ich letztendlich meine, 4 zu verdanken. Im Mündlichen war ich nämlich gut! Das hat mich auch in allen Fächern sozusagen gerettet. Das war mir allerdings gar nicht bewusst. Aber dadurch wurden meine Noten zumindest mitbestimmt.

12

Beim Thema Spicken muss ich aber doch noch von einem Spickversuch berichten. Der war in Mathe beim Herrn O.. Ich hatte mir mathematische Formeln auf meine rechte Handinnenfläche geschrieben. Die Idee schien mir äußerst genial. Allerdings sagte der Herr O. bevor wir die Schulaufgabe beginnen sollten, alle diejenigen, die einen Spicker dabeihätten, sollten ihn direkt bei ihm abgeben.

Bei Erwischen bekomme man ansonsten nämlich eine 6. Ich bekam ein ganz schlechtes Gewissen und hatte richtige (zusätzliche) Angst. Ich war kurz davor, aufzustehen, um mir am Waschbecken meinen Spickzettel abzuwaschen. Letzten Endes traute ich mich das aber auch nicht, und in dem Fall glücklicherweise begann dann auch die Zeit der Arbeit. Ab diesem Tag benutzte ich keine Spickzettel mehr. Das Einzige, das ich in dieser Richtung tat, war später in der 12.en. Da schrieb ich mir ins BGB außer den Anschlussparagraphen noch die eine oder andere „Denkhilfe". Genutzt hat mir das allerdings auch nichts. Weil ich mich auch da nicht getraut habe, diese Hilfe zu verwenden. Mein schlechtes Gewissen hat mich schon im Vorhinein daran gehindert.

Als ich in der 10.en war, ging auch nicht immer alles reibungslos. Ich erinnere mich noch daran, dass wir eine Lateinschulaufgabe beim Herrn B. hinter uns hatten und danach Griechisch anstand. Nach der Schulaufgabe, die für mich auf jeden Fall besser als 5 werden musste, wurde natürlich immer alles verglichen. Ich war mir nicht sicher wie viel ich wohl falsch haben würde und war dementsprechend fertig. Da kam dann der H. und ging mich an mit den Worten: „Wer es nicht schafft nach einer Lateinschulaufgabe noch Griechischunterricht zu haben, der hat hier auf dem Gymnasium nichts zu suchen! Dann geh!" Ich war stinksauer auf ihn und überlegte wirklich, den Raum zu verlassen. Da aber siegte mein Trotz und so blieb ich sitzen und dachte bei mir: „Pff, ich kann das wohl!" Wer weiß, vielleicht hat der Herr H. genau diese Reaktion provozieren wollen. Zuzutrauen wär's ihm schon gewesen!

Es war aber immer so ein Kampf mit den Noten. Ich übte echt viel, bekam in Fächern wie Mathe oder Physik auch Nachhilfe (z.B. beim Christian H., den ich ganz schrecklich fand. In jedem zweiten Satz sagte er: „Langer Rede kurzer Sinn." Außer Mathe hatte er scheinbar auch nichts Lebenswichtiges im Sinn. Er war total langweilig!). Und trotzdem war ich einfach schlecht. Nur eben im Mündlichen nicht. Das war zwar nicht in allen Fächern so, aber eben beinahe in allen Hauptfächern. In Englisch und in Deutsch war ich aber doch ganz gut. In Deutsch liebte ich vor allem Interpretationen, sowohl schriftlich als auch mündlich. Da hatte ich dann auch eine 2. Ich muss grade dran denken, was dann in der 11.en unser „neuer" Deutschlehrer, der Herr S., sagte, als ich mich über die von ihm erhaltene 5 in einer Deutschschulaufgabe wunderte. Ich sprach ihn also an und sagte, ich hätte im vorangegangenen Jahr aber eine 2 gehabt. Darauf fragte er mich, wen ich denn da gehabt hätte. „Den Herrn H." Dazu meinte er ganz lapidar: „Dann wundert mich das nicht." Über diese Aussage konnte ich nur staunen. Denn dadurch verurteilte er seinen Kollegen doch als unfähig!

Es war noch in der 10. en als ich mich auch für richtig unfähig hielt. Auf jeden Fall machte mir das der dicke Herr S. (den hatten wir in Reli) deutlich. Denn immer, wenn er mich sah, auch nur mal so auf dem Flur, fragte er mich: „Na, schaffst du denn die Klasse?" oder „Hast du's denn geschafft?" Mir kam das vor, als habe er große Freude daran, wenn ich hängen bliebe. Wahrscheinlich hatte er es nur gut gemeint, das sah ich damals aber eben anders! Einmal an solch einem Tag, ging ich raus in die Pause und sah den Herrn D., der immer schon mein Lieblingslehrer war (er war einer der jüngsten Lehrer und vor allem ein ganz normaler, netter). Er sprach auch mit mir und meinte dann wie so oft zuvor: „Du schaffst das schon!" Das sagte er eigentlich jedes Mal, wenn ich ihm von meinen Noten bedingten Schwierigkeiten berichtete. An diesem einen Tag auf jeden Fall, da hat mich dieser daher gesagte Spruch einfach nur aufgeregt. Ich blaffte ihn an: „Was heißt das denn: du schaffst das schon! Nichts! Ich schaff es eben nicht!" Oh, da hat er aber ganz entsetzt geschaut. Denn so aufgebracht hatte er mich noch nie erlebt. Ich drehte mich dann auch um und ging. Bei mir dachte ich, dass ich ihn ja wohl auch vergessen könne. Solch ein Ausbruch meinerseits kam nie wieder vor.

Erst Jahre später, fällt mir grade ein. Da sagte er in irgendeinem Zusammenhang etwas, was ich aber partout nicht einsehen wollte, worauf er dann zu mir sagte: „Jetzt glaub mir doch wenigstens einmal!" Lustig, was mir so wieder einfällt. Ja, z.B. noch was Lustiges mit ihm: Ich hatte immer am Dienstag W(irtschaft)/ R(echt) bei ihm. Mir fiel mit der Zeit auf, dass er immer abwechselnd einen roten oder gelben Pulli mit V-Ausschnitt zu seiner grauen Hose trug. Ich kaufte mir eines Tages genau so einen schönen roten Pulli. Die Leni hatte einen ebenfalls grauen Rock, den ich mir dann mal bei ihr auslieh. Er war vielleicht noch ein bisschen groß, aber das fiel nicht auf, wenn ich den Pullover drüberzog. Und so saß ich dann an dem von mir „errechneten" roten-Pulli-Tag auch mit meinem neuen roten Pullover und dem grauen Rock in der Klasse. Der Herr D. bemerkte unsere ähnliche Kleidung! Denn er ließ mich mit meinem Heft zum Anschauen zu ihm ans Pult vorkommen. Da grinste er mich dann so an und machte auch eine amüsierte Bemerkung zu unserem vermeintlichen Partnerlook! Darüber war ich ganz schön begeistert. Es hatte also alles geklappt!

Im Sportunterricht hab ich ihn auch manchmal geärgert. Unsere Lehrerin Frau H. war eine Zeit lang krank, so dass wir mit den Jungen beim Herrn D. Sport hatten. Da gab es mehrere lustige Begebenheiten. Die eine, als wir Schwimmen hatten. Da fragte ich ihn bevor wir im Wasser waren, warum er eigentlich nicht auch ins Becken komme. Er sagte, er müsse vom Rand aus alles beobachten. Auf meine Frage, warum er denn dann überhaupt eine Badehose anhätte, antwortete er, damit er im Notfall reinspringen könnte, wenn er einen von uns retten müsse. Klar, was ich dann tat. Ich tat so als wäre ich kurz vor dem Ertrinken. Zu meiner Enttäuschung sprang er aber nicht ins Wasser, um mich zu retten. Er lachte nur! Kein Wunder, war ja auch viel zu offensichtlich, nachdem ich ihn vorher immer dazu überreden wollte, auch ins Schwimmbecken zu kommen.

Oder als wir in der Maxhalle waren. Einmal sollten wir Basketball spielen, glaub ich. Auf jeden Fall wurden die Mannschaften ausgewählt. Ich war das einzige Mädchen, das mitmachte, die anderen drückten sich mal wieder mit irgendeiner Ausrede vor dem Sportunterricht. Es wurde dann überlegt, wie sich die beiden Gruppen unterscheiden sollten. Herr D. entschied dann: „Ihr spielt einfach ohne T-Shirts!" Dabei zeigte er auf eine Mannschaft. Als alle riefen: „Die Nine auch, die Nine auch!" wurde unserem „einfühlsamen" Lehrer erst bewusst, dass ich ja zu der grade von ihm bestimmten Mannschaft gehörte. Das schien ihm aber unangenehm zu sein. Er löste den Fall aber ganz knapp mit den Worten: „Alle außer der Nine ziehen ihr T-Shirt aus!" Für dieses „Vergehen" revanchierte ich mich nach der darauffolgenden Sportstunde. Ich zog mich so schnell in unserer Mädchenumkleide um, dass ich als erste fertig war. Ich verließ den Raum und traf auf dem Flur den Herrn D.. Er fragte: „Seid ihr schon fertig?" Ich antwortete: „Ja, Sie können ja selber schauen!" Das tat er dann auch. Allerdings waren Miriam und Co. natürlich noch nicht ganz fertig! Als er das bemerkte, machte er sofort wieder kehrt und schimpfte mich ein wenig! Meinte, dass das gar nicht stimme. Ich antwortete ihm einfach: „Doch, <u>ich</u> bin schon fertig!" Das war ganz schön frech, ich bekam aber keinen Ärger von ihm.

Ärgern konnte man außer dem Herrn D. auch den Herrn R.. Zu ihm meinte z.B. ein Schüler, dass er, wenn er mal einen Sohn hätte, ihn unbedingt Frank nennen sollte! Dann könne er sich am Telefon immer mit „Frankreich" melden! Solch einen Joke machte auch einer, als es einmal an die Klassenzimmer klopfte, und jemand „Herein!" sagte. „Das heißt Herr <u>Doktorr</u>ein!" Das war ja der Name des stellvertretenden Direktors.

Toll war auch, was der Herr R. („…mnjoh, jetzt mochen wir einmol…" – er kam aus Niederbayern) konnte. Er spielte in den letzten Stunden vor den Ferien oder in Freistunden, die wir bei ihm hatten, Schach mit dem Steven. Das Besondere daran war, dass <u>er</u> blind spielte, das heißt, er schrieb sich nichts auf, sondern machte alle Züge aus dem Gedächtnis. Er merkte sich also auch Stevens Züge. Der Steven war übrigens auch ein Genie. Er konnte die schwierigsten Aufgaben der vier Grundrechenarten im Kopf ausrechnen. Also mit mehrstelligen Zahlen. Die Aufgaben hat der Herr R. dann in einen Taschenrechner eingetippt und war höchst erstaunt, dass alle Ergebnisse, die der Steven nach kurzer Zeit im Kopf ausgerechnet hatte, tatsächlich stimmten. Wir <u>alle</u> waren natürlich erstaunt!

Der Steven war auch der erste, der mir während des Unterrichts ein Briefchen geschrieben hat. Ein Liebesbriefchen sogar. Es war auch der einzige dieser Art, den ich in meiner ganzen Schulzeit bekommen habe. Aus uns ist trotzdem nichts geworden. Ich fand den Steven zwar ganz nett, aber das war auch alles.

Ich habe aber doch noch ein Liebesgeständnis bekommen. Nämlich vom Alexander. Aber der war echt schrecklich. Da er schon mindestens einmal sitzen geblieben war, war er schon ziemlich alt. In der 7. war er schon 16. Er war auch sonst irgendwie komisch und er rauchte! Aus uns ist demnach auch nichts geworden. Das erinnert mich noch an einen anderen, der mich ja so toll fand. Wie hieß er noch gleich? Emil, ja so hieß er. Der war in der 10. oder 11. bei uns. Der war ja ganz schlimm! Erstmal war er mir viel zu klein. Er war sogar kleiner als ich. Er war auch unheimlich anstrengend anhänglich! Das allerschlimmste war aber sein Gestank nach alten, kalten Zigaretten. Widerlich! Auf irgendeine Art hat er es sogar geschafft, dass ich mich einmal mit ihm verabredet habe. Da wollte ich ihm dann auch sagen, dass ich mit ihm nicht befreundet sein werde. Das hab ich ihm auch gesagt. Da drückte er dann auch noch auf die Tränendrüse und erzählte mir, wie einsam und ausgeschlossen er sich fühle. Er, das uneheliche Kind seiner Mutter. Da hatte er mich natürlich auf dem richtigen Fuß erwischt. Denn Mitleid hatte ich schon mit ihm! Aber trotzdem blieb ich hart und ließ mich nicht rumkriegen. Er war einfach gar nicht mein Typ.

Überhaupt hatte ich in all dieser Zeit das Gefühl, für mich interessierten sich nur die Übriggebliebenen, die eh keine andere wollte. Ich fühlte mich einsam und hässlich. Vor allem aber einsam! Beinahe alle Mädchen hatten einen Freund, mit dem sie dann in der Pause rumhingen. Das war schon immer blöd. Ich fühlte mich so fehl am Platz, ja wie ausgeschlossen. Und das war ich ja auch irgendwie! Und so war es ein nötiges Übel, dass ich mich (instinktiv) mit den anderen ebenfalls übrig Gebliebenen zusammengetan habe. Da fällt mir als erste die Kirsten ein. Sie war nett und nicht oberflächlich, so wie die vermeintlich Coolen.
Ich war mit Kirsten einer Meinung, nämlich dass es vollkommen egal ist, ob einer evangelisch oder katholisch ist.

Es kommt nicht darauf an, wie man an Gott glaubt, sondern dass man es tut. Und Gott ist überall der gleiche, ganz egal wie und wo man ihn anbetet. So gesehen hat sie mich doch auch ein Stück auf meinem Glaubensweg begleitet und bestärkt!

Da war auch noch die Ella. Sie war sie einfach nur ruhig. Na ja, auch nicht immer! Sie hatte auch einen Freund, den Steffen (die beiden sind mittlerweile verheiratet!). Als wir Ende der Sommerferien'87 die traditionelle Griechenlandfahrt machten, durfte ihr Steffen, der nicht aufs Max ging, doch tatsächlich mitfahren! Ella und ich hatten beschlossen, dass wir zusammen ins Zimmer gehen. Denn Steffen und Ella, das war dann doch nicht erlaubt! Trotzdem hat er uns ständig besucht, was mir schon ziemlich auf die Nerven ging. Was die beiden dann so trieben, schaute ich mir nicht genauer an, aber ich konnte es mir vorstellen. Das Größte war ja dann der Tag ihres Geburtstages! Sie sagte, dass sie gerne um die Zeit ihrer Geburt, nachts gegen zwei feiern möchte! Und, dass Steffen dann natürlich zu ihr komme! Ganz toll! Diese Nacht verfolgte mich schon Tage vorher! Unsere Tagestouren waren immer recht anstrengend, so dass man die Nächte echt zum Erholen brauchte. Also hab ich nach einer Ausweichmöglichkeit gesucht. Zuerst berichtete ich unserem Hauptbetreuer, dem Herrn M., von meiner Notlage. Sehr erfreut bot er mir direkt einen Platz in seinem Bett an! Oh Schreck! In meiner Not wandte ich mich dann an Herrn G., der mir sehr viel vernünftiger schien. Der meinte auch direkt, er würde mir eher abraten zum M. zu gehen, ich solle dann doch lieber bei ihm übernachten! Allerdings lachte er dabei und riet mir dann, in einem anderen Mädchenzimmer nachzufragen. Das tat ich dann auch, und so kam ich dann bei Ulla und Kerstin unter.

Mit der Ella hat mich nach dieser Reise dann auch nicht mehr so viel verbunden! Allerdings haben wir uns nach der Schulzeit dann doch mal wieder gesehen: Einmal habe ich sie in München besucht und sie hatte sich auch gemeldet, als sie beruflich hier in Düsseldorf zu tun hatte.

Als ich in der zehnten Klasse war, kam eines Tages in Wirtschaft ein Mann vom BIZ, das heißt Berufs Informations Zentrale. Der fragte dann, wer von uns Schülern sich denn vorstellen könnte, nach der
10. Klasse abzugehen. Ich war die Einzige, die sich gemeldet hat! Auf die Frage, weshalb, meinte ich,
dass ich eh nicht studieren wolle. Ich erinnere mich, dass der Herr D. ganz entsetzt war und zu mir sagte, ich müsse unbedingt bleiben und das Abitur machen. Im Nachhinein gesehen wäre es vielleicht gar nicht so schlecht gewesen, wenn ich nach der Zehnten abgegangen wär, denn da hätte ich mir noch
viel erspart. Auf der anderen Seite, wer weiß, ob ich da fürs Berufsleben überhaupt schon reif genug gewesen wäre. Wahrscheinlich eher nicht! Und so kam dann die 11. Klasse, von der es hieß, wer die geschafft hat, der hat das Schlimmste hinter sich! Ja, die Klasse war auch schlimm. Da ich ja in Mathe und Physik so meine Schwierigkeiten hatte, schlug Herr O. vor, dass ich besser in die 11 b wechseln sollte, wo er die Fächer unterrichtete. So kam ich dann also in die 11 b, eine eher abgedrehte Klasse. Die meisten waren

einfach nur cool und hatten es auch gar nicht nötig, sich mit mir abzugeben. Man rauchte, hatte einen Freund oder man gehörte eben nicht dazu. Klar zu welcher Sorte ich gehörte! Zu meinem Pech hatte ich in Chemie die Frau L.. Sie mochte keine Mädchen! Da ich also in Chemie auch so meine Schwierigkeiten hatte, musste ich mich schwer anstrengen, um dort eine 4 zu bekommen. Ich weiß noch, dass ich als letzte Möglichkeit dafür ein Referat halten musste. Über die Gewinnung von Aluminium. Auch in Chemie hatte ich einen Nachhilfelehrer, der mir sehr dabei half, ein gutes Referat auszuarbeiten. Natürlich war ich schrecklich aufgeregt, aber es lief doch recht gut, meinte ich. Frau L. sagte aber gar nichts dazu. Als ich nach dem Unterricht fragte, ob ich denn jetzt die 4 ins Zeugnis bekäme, antwortete sie nicht. Daraufhin war es irgendeine Klassenkameradin, die sagte, mein Referat sei doch gut gewesen. Frau L. machte es spannend, gab mir aber dann doch gnädigerweise eine 4 ins Zeugnis! Als dann klar war, dass ich die elfte schaffen würde, ging es mir besser. Wir alle überlegten uns, welche Fächer wir in der K 12 (Kollegstufe 12. Klasse) als Leistungskurse nehmen wollten. Dabei hatten wir aber nur bedingte Auswahlmöglichkeiten. Ich wusste, dass ich auf jeden Fall den Herrn D. haben wollte. So ging ich zu ihm und fragte, wie denn ein LK in Wirtschaft zustande kommen könnte. Fünfzehn Schüler müssten den Kurs wählen, damit der Kurs zustande kommen kann. Und so machte ich mich in allen drei Parallelklassen auf die Suche nach anderen Interessenten. Da ich nur schleppend vorankam, nannte mir Herr D. noch eine alternative Möglichkeit mit der vielleicht mehr Schüler zu locken seien: eine Kombination aus

Erdkunde und Wirtschaft. Aber auch da hatte ich nicht mehr als vorher auf meiner Seite. Das war lustig, denn Herr D. und ich fragten uns immer gegenseitig nach dem derzeitigen Stand der Schülerzahlen. Er schlug dann noch die aussichtsreiche Verbindung mit dem Fach Englisch vor, also LK Englisch und LK W/R. Ich hatte dann immerhin mit mir zehn Leute zusammenbekommen, dachte aber, das seien zu wenige. Die große erfreuliche Überraschung war dann, als er mir strahlend berichtete, dass zehn Schüler doch ausreichen würden. Ebenso wie er – oder wahrscheinlich noch mehr – habe ich mich darüber gefreut! Überglücklich konnte ich das neue Schuljahr beginnen. Das hat auch richtig Spaß gemacht. Die Zwölfte ist mir als das schönste Schuljahr in Erinnerung geblieben. Mathe und Physik hatte ich abwählen können, so musste ich mich nur noch mit Chemie abquälen. Und das auch nicht zu knapp. Frau L. hatte mich nach wie vor auf dem Kieker und legte mir so manchen Stein in den Weg. Doch dazu später! Ebenso veränderte sich auch Herr F. (mein Biolehrer), der irgendwann mit Frau L. gemeinsame Sache machte. In Bio kam ich aber noch gut genug zurecht. NOCH! Da ja die Schuljahre 12 und 13 jeweils in 2 Halbjahre geteilt wurden, gab es insgesamt 4 Halbjahre, die zusammengehörten. So durfte man in diesen vier Halbjahren nur viermal unter die 5 Punkte Hürde kommen. 15 Punkte war die beste Note. Mit Chemie allein hätte ich das geschafft, aber wie gesagt, Herr F. hat sich dann im ersten Halbjahr der 13. kollegial hinter seine naturwissenschaftliche Freundin gestellt und mir 4 Punkte zugesagt! Das war dann das Ende! Zuvor, also auch schon in der 13. habe ich in Chemie eine Klausur geschrieben. Da die sehr wichtig war, hatte ich auch hier Nachhilfe. Und das sogar bei einer Lehrerin. Sie war Lehrerin am Oskar (von Miller Gymnasium), mit dem das Max den Pausenhof teilte. Gut vorbereitet schrieb ich dann also diese wichtige Klausur. Als ich sie zurückbekam, hatte ich nur 1 Punkt erhalten. Meine Mutter war so verärgert darüber, dass sie direkt zu Frau L. in die Sprechstunde ging. Meine Mutter sagte zu Frau L., dass ich bei dieser Lehrerin vom Ossi Nachhilfe bekommen hätte, und dass es gar nicht sein könne, dass ich nur 1 Punkt bekomme. Frau L. meinte darauf, dass sie schon gemerkt hätte, dass da was nicht mit rechten Dingen zugehe, worauf meine Mutter wohl auch sagte, sie möchte, dass die Arbeit noch von einem anderen Lehrer gegenkorrigiert werde. Da gestand Frau L. dann auch tatsächlich, dass ich wohl doch besser als 1 Punkt zu bewerten sei, aber sie akzeptiere das mit der Nachhilflehrerin eben nicht. Meine Mutter drohte darauf mit einem Prozess vor Gericht, worauf Frau L. auch tatsächlich zugab, dass meine Mutter dort wohl Recht bekomme. Allerdings sei sie, Frau L., in der Direktion vom Max und sie garantierte, dass ich an dieser Schule das Abitur dann auf keinen Fall schaffen würde!

Das war also das Aus für mich! Und damit eben Frau L. nicht so allein dastand, meinte Herr F. wohl, mir auch noch eine reinwürgen zu müssen!

In der ganzen Zeit war ich vollkommen am Ende. Dementsprechend ließen meine Noten auch in allen anderen Fächern immer mehr nach. Selbst in Englisch bei der Frau K. sanken meine Leistungen

rapide, dabei war ich in Englisch immer gut. Ich fühlte mich vollkommen leer und erschöpft. Alles ging daneben. Ich war fix und fertig. Heute würde man das wohl das „Burnout Syndrom" nennen. Das gab es „damals" noch nicht.

Die letzte Möglichkeit für mich, das Abitur doch noch zu machen, wäre ein Schulwechsel gewesen. Ich habe mich auch einmal mit einer getroffen, die mir den Wechsel auf ihr Mädchengymnasium schmackhaft machen sollte. Sie kam mir aber ziemlich schräg vor. Total aufgeputzt und sie schwärmte nur von irgendwelchen tollen Lehrern. Da fiel mir mein toller Lehrer ein, den ich ja bei einem Schulwechsel aufgeben müsste. Das wollte ich auf keinen Fall! Überhaupt, nur mit so affigen Mädchen in einer Klasse zu sein, das fand ich eine grauenhafte Vorstellung!

Schließlich und endlich wechselte ich die Schule nicht, sondern ich verließ das Max. Und mit ihm auch – neben dem einen guten Lehrer – alle Angst und schlechten Gefühle. Das war eine riesengroße Befreiung. Ja, wie aus einem dunklen Gefängnis kam ich wieder ins helle Licht. So kam es mir vor. Ich konnte wieder atmen und beim Luftholen schnürte sich mein Hals nicht zu! Dass meine Eltern mich einfach so die Schule verlassen ließen, das war für mich eine sehr große Überraschung, denn eigentlich sind sie sehr für gute Schulbildung. Das sah ich ja auch an meinen Geschwistern Leni und Frankus. Die beiden waren in der Schule immer gut. Die Leni hatte zwar auch ihre Schwächen in Mathe und so, aber sonst war sie eine sprachliche Eins. Beim Frankus sah es genau andersrum aus. Beide hatten ja bereits ihr Abitur: Leni mit 1,5 und Frankus mit 1,8 als hervorragende Ergebnisse.

Da hätte ich in keinem Fall mithalten können. Das war ja immer schon so! Bei solchen herausragenden Geschwistern hatte ich einfach keine Chance. Das wurde mir auch später immer wieder klar gemacht. Da muss ich zum Beispiel an den Besuch meiner Eltern denken, als Papi uns vorstellte: „Hier unsere älteste Tochter, die nach ihrem Abitur von 1,5 jetzt Medizin studiert, das ist unser Sohn, der nach dem 1,8 er Abitur erst bei der Bundeswehr war, dann hat er erfolgreich seine Banklehre abgeschlossen und studiert jetzt Jura. Und das ist unsere Jüngste, sie macht eine Lehre im Hotel." Wie sich das angefühlt hat!? Schrecklich! Niederdrückend! Als sei ich ein Niemand! Möglich, dass er es gar nicht so gemeint hat, aber ich habe es so empfunden. Erniedrigend! Ich erinnere mich noch, dass ich daraufhin zum Frankus gesagt hab, was er doch für ein toller Kerl sei. Er fand's auch nicht gut. Es war ihm total unangenehm und peinlich. Aber so war es eben! Gegen meine Geschwister hatte ich halt nichts vorzuweisen. Das hat mich aber keineswegs beflügelt, nein. Es war eher ein weiterer Schritt dazu, noch mehr aufzugeben. Mich aufzugeben. Mein Selbstbewusstsein war gleich Null.

Ich weiß auch noch, wie es war, als ich mich vor der Bewerberei bei Hotels bei der B(ayerischen) V(ereinsbank) beworben hab. Auch bei der Deutschen Bank hatte ich's versucht. Der Knaller kam aber bei der BV, wo ich's ja sogar bis zum Vorstellungsgespräch schaffte! Der Banker, der mir gegenüber saß, blickte in meinen Lebenslauf, in den ich auch meine familiären Verhältnisse: Eltern: Dr. jur. und Dr. phil., Geschwister: da stand dann, dass meine Schwester Medizin und mein Bruder Jura studieren. Der Mann meinte nur: „Na, da sind Sie wohl das schwarze Schaf der Familie!" Das verneinte ich natürlich vehement, aber im Grunde wusste ich, dass er nur die Wahrheit ausgesprochen hatte. Treffender hätte ich es nie sagen können! Die Lehrstelle habe ich natürlich nicht bekommen. Warum ich mich bei Banken beworben habe? Wahrscheinlich, um auch mal gut dastehen zu können, denn eine Banklehre zu machen, das macht was her, das verschafft Ansehen! Aber mein Ding wäre es sicherlich nicht gewesen, bei meinen „Mathekünsten"!

Bevor ich aber zu sehr abschweife muss ich aber erstmal meinen letzten Tag im Max erwähnen. Der Tag, an dem ich mich noch von ein paar Lehrern verabschieden wollte. Das war im Dezember 1987.
Eigentlich wollte ich mich ja nur von einem verabschieden, nämlich vom Herrn D.. Er war ja immer der netteste Lehrer gewesen. Auch in seinem LK hatte ich mich am Ende ziemlich verschlechtert,
aber er hat mir dann Tipps gegeben und war eben immer nett zu mir. Ich weiß noch, dass ich ihn vor dem Milchautomat gesehen habe. Da teilte ich ihm mit, dass ich heute das letzte Mal in der Schule sei und mich nur noch von ihm verabschieden wolle. Da schaute er mich beinahe entsetzt an. Er starrte mich regelrecht an und sagte erstmal gar nichts. Er sagte mir, wie leid ihm das täte und er das schade fände. Und alles Gute für die Zukunft wünschte er mir auch noch. Das war's. Irgendwie hatte ich mir das letzte Wiedersehen spektakulärer vorgestellt. Ein Handschlag und Tschüs! Keine Ahnung, was ich erwartet hätte, aber irgendwie war ich enttäuscht! Ich bin dann noch zum Verabschieden zum Herrn F. gegangen, den ich eigentlich auch ganz in Ordnung fand. Bis zu diesem Zeitpunkt! Denn, als ich mich von

ihm verabschiedete, da erst erfuhr ich von ihm, dass ich es auch ihm zu „verdanken" hatte, dass ich im letzten Schulhalbjahr keinen Fuß mehr auf den Boden kriegen sollte. Er fühlte sich seiner Kollegin Frau L. einfach verpflichtet. Beim Verabschieden sagte er noch, dass er mir wünsche, dass ich irgendwann mal etwas zustande brächte. Über diese Aussage war ich dermaßen verärgert, dass mit ihr auch der ehemals nette Biolehrer für mich gestorben war! – Da muss ich direkt hinzufügen, dass er sich für seine „damalige" Aussage entschuldigte und mir sagte, dass man (in diesem Falle ich) auch verzeihen sollte, als ich ihn Jahre später doch wieder im Max besuchte. Mittlerweile ist das auch so. Klar, denn mein Leben ging ja weiter auch ohne Abitur! Schlussendlich bereue ich es auch nicht, dass ich kein Abi gemacht habe. Bei mir ging's ja grade noch so. Heutzutage ist es etwas anders. Wer heute kein Abitur macht, hat einfach auf dem Arbeitsmarkt schlechtere Chancen. Selbst für eine Lehrstelle ist es inzwischen nötig das Abi vorzeigen zu können. Wenigstens das Fachabi!
Apropos Fachabi: auf dem Jahreszeugnis der 12. Klasse stand drauf, dass ich die Fachhochschulreife
erreicht hätte.

Nachdem ich also das Max verlassen und damit meine Schullaufbahn beendet hatte, war ich erstmal richtig erleichtert und frei! Meine Eltern hatten mir auch gesagt, dass ich jetzt nicht auf der faulen Haut liegen dürfe. So begann ich erstmal mit einem Französischintensivkurs bei „Sight and Sound" auf der von-der-Tann-Straße. Dort machte ich einen Abschluss mit der Note eins. Allerdings erschien mir das alles sehr leicht. Und, ob die Eins berechtigt war, wusste ich nicht so genau. Schließlich schlu- gen mir meine Eltern vor, doch in Salzburg in einem Hotel eine Lehre zu machen. Die Tochter des Hotelbesitzers war mal ihre Ski-lehrerin gewesen. Die Maria selber wohnte in der Nähe des Hotels.

Da ich ja keine andere Möglichkeit hatte, erschien mir die Gelegenheit günstig und so bewarb ich mich in dem Fünf-sternehotel auf einem der Berge rund um Salzburg. Das Be-werbungsgespräch hatte ich beim Philipp, dem Jüngsten der drei Kinder. Er war bloß vier Jahre älter als ich. Mir war klar, dass ich diese Chance nutzen musste und setzte alles daran, diese Lehrstelle zu bekommen. Ich fand alles toll und war schwer begeistert, obwohl mir der Philipp riet, mir das Ganze gut zu überlegen. Er selbst würde es nicht tun, wenn er es nicht müsste. Diesen Satz hörte ich zwar, nahm ihn aber erstmal gar nicht wahr, denn mein Blick richtete sich nur auf ihn, diesen unwahrscheinlich gutaussehenden Mann. Um ihn wiederzusehen wollte ich alles tun!
Und ich schaffte es auch, denn ich wurde genommen und sollte bereits im Februar anfangen. Die Bewerbung und das alles muss schon vor Weihnachten gewesen sein, denn ich erinnere mich daran, dass ich an dem Weihnachtsfest lauter Dirndlsachen und Tücher geschenkt bekommen hab. Dort musste man ja in Tracht herumlaufen. Diese „einfallsrei-chen" Geschenke fand ich da schon sehr na ja, heute würde man sagen, sie haben mir ‚nicht wirklich' gefallen.

Zu meinem neuen Lebensabschnitt brachten mich meine Mami, Papi und der Frankus also zum Hotel auf den „Zauberberg" und der Hoteliersfamilie. In Empfang nahmen mich der Senior und seine Frau. Sie schienen sehr nett zu sein und eröffneten mir, dass ich erstmal „in der Villa" wohnen dürfe. Dort zog ich in ein richtiges Hotelzimmer ein. Super, dachte ich. Ich erinnere mich noch daran, dass ich gemeinsam mit dem Hoteliersehepaar an ihrem Esstisch saß und wir zu Kaffee Kuchen aßen. Ob der Philipp dabei war, weiß ich gar nicht mehr. Nur, dass ich schrecklich aufgeregt war. Meine Familie war bereits wieder gefahren und ich saß da mit fremden Leuten und wusste gar nicht, was auf mich zukam. Und das war ziemlich viel!

Das schöne Hotelzimmer hatte ich nur kurze Zeit für mich allein, denn bald darauf kam noch die Astrid, die wie ich ihre Lehre auf dem sogenannten Zauberberg machen wollte. Wir verstanden uns gut und es war auch schön, jemanden zu haben mit dem man sich austauschen konnte.
Da das Hotel in den Wintermonaten geschlossen war, wurde die Zeit zu Renovierungsarbeiten genutzt. Auch der Keller war nutzbar gemacht worden: Neue Tagungsräume und Büros erstrahlten. Na, noch nicht ganz, denn zum Strahlen mussten wir ja alles bringen. Bevor das Hotel Anfang März wieder eröffnet werden sollte, musste alles geschrubbt und gewienert werden. Nicht nur auf den Baustellen beherrschten Staubschichten das Bild. Auch im übrigen Hotel musste nach den Gäste-freien Monaten erstmal wieder alles auf Vordermann gebracht werden. Morgens um halb sieben war Treffpunkt unten in der alten Küche. Astrid

und ich hatten schon das erste Problem beim Finden dieser Örtlichkeit. Mein Orientierungssinn war ja noch nie der beste... In dieser ‚Kuchl' herrschte riesengroßes Chaos. Aber trotzdem hatte sie mit den dreckigen Fliesen, auf denen alte blaue Muster erkennbar waren, etwas Gemütliches an sich. Ungemütlich war allerdings die frostige Kälte. Draußen herrschte tiefster Winter und in den ungeheizten Räumen konnte man sogar seinen Atem sehen. Und so bekam dann jeder seine Aufgabe. Uns Anfängerinnen wurde dann erstmal gezeigt wo und was wir zu tun hatten: Flure saugen, Schränke auswischen, auch oben drauf. Da seh ich noch den Philipp, wie er an einem Tag ganz hochsprang, sich oben auf dem über 2 m hohen Schrank festhielt, um dort den berühmt berüchtigten Putztest zu machen! Ein bisschen lächerlich, denn wer käme außer ihm auf die Idee in diesen Höhen nach Staub zu suchen? Oder genauso hinter den Bildern. Wir mussten jedes einzelne der mehr oder weniger geschmackvollen Bilder von oben, unten, an den Seiten <u>und</u> von hinten feucht

mit'm Fetz'n (das waren Putzlappen, die vorher wohl mal Bettlaken oder ähnliches gewesen sind) abwischen. Genauso die einzelnen Kasterl und Kasten, also die Nachttische und Schränke. Es hätte ja mal ein Gast auf die Idee kommen können, den einen oder anderen Nachttisch oder Schrank nach vorne zu ziehen und nach Staub zu kontrollieren! Oder die Bäder! Dort mussten wir mit alten Zahnbürsten putzen! Was mir sowieso immer mehr auffiel war die Einfachheit der edel aussehenden Möbelstücke. Von vorn sahen sie wirklich alt und gediegen aus, wenn man sie allerdings gründlich gesäubert hatte, wusste man, dass sie hinten alle aus Sperrholz waren. Raffiniert gemacht! Oder diese Lampen, Lüster könnte man wohl besser sagen! Die sahen schon toll aus mit all ihren tropfenförmigen glänzenden und glitzernden Glasstückchen. Diese angeblichen Glasteile waren aber aus Plastik. Das Schlimmste war, diese Lampen – manchmal auch in Schwindel erregender Höhe auf einer Leiter - sauber zu machen. Ein ebensolches Lämpchen machte ich grade an einem der Nachtkastl sauber, als plötzlich aus dem Nichts Philipps Stimme direkt hinter mir etwas zu mir sagte. Ich hab mich dermaßen erschrocken, und hatte, als ich mich zu ihm umdrehte, die Lampe in der Hand. Ich hatte sie aus der Wand gezogen! Da mir solche Missgeschicke immer wieder passierten, bekam ich auch diesmal richtig geschimpft! Aber er schlich sich ja auch immer so unhörbar an! Das sagte ich dann auch, was ihn aber keineswegs beeindruckte. Überhaupt war er so lässig, so cool! Aber nach und nach wurde er komisch! Ich war ja wirklich so dermaßen ahnungslos und naiv. Zum Beispiel kam er ja immer so angeschlichen. Da war ich jedes Mal allein im Zimmer. Oder er stellte sich vor mich und fing an, an meinem Pulli oder T-Shirt rum zu zupfen. Genauso rief er mich so gegen 23 Uhr im Zimmer an und fragte, was ich denn noch mache. „Ich bin todmüde, ich geh ins Bett!" Das war wohl nicht die Antwort, die er hören wollte. Erst viel später kam ich drauf, dass er vielleicht was von mir wollte. Aber wie gesagt, ich hab das alles nicht mitgekriegt. Die Retourkutsche ließ nicht lange auf sich warten. Eines Morgens verkündete er, die Andrea (ein Mädl, das ‚zuckersüß' war und, wie ich dachte, Philipps Liebling und Freundin sei. Ich fand sie blöd!) sei heute der Kapo. „Der was?" Ich konnte mir unter diesem Wort nichts vorstellen. Der Philipp meinte, ich als Nazi und Hitler-Deutsche müsste doch wissen, dass das der Anführer sei! Ja, und so war und blieb ich für den Philipp dann die Hitlerdeutsche! Er schikanierte mich. Und nicht nur er, auch seine Mutter. Die war eh schrecklich! Immer hatte sie einen viel zu engen braunen Minilederrock an und trug Turnschuhe. Der knallrote Lippenstift und die schwarzen, sicherlich gefärbten Haare machten das Bild der Hexe komplett! Sie keifte auch immer rum. Ihr konnte ich sowieso nichts recht machen.

Ich muss grad an den einen Abend denken! Da gab es nach einem wiedermal anstrengenden Arbeitstag zum Abendessen Gulasch! Sonst gab es schon mal heißes Wasser mit noch tiefgefrorenem Gemüse drin oder Brot. An diesem Tag aber sollte es uns richtig gut gehen! Der eine Koch, der Rudi, kam wie ich auch aus Deutschland. Er war eigentlich der Netteste! Er auf jeden Fall verteilte das Essen und gab uns unsere Teller. Mir gab er zu den Nudeln vier (kleine) Stückerl Fleisch und Soße. Ich hab mich riesig gefreut, endlich mal so was Gutes zu essen. Aber als die „Alte", also die Hexe das sah, riss sie mir den Teller direkt aus der Hand und schrie den Rudi an: „De Buam kriagn via Stückerl, de Madln zwa!" So ging's da zu! Mit dem Rudi hab ich mich in irgendeiner freien Minute gern unterhalten. Er erzählte mir, ich solle aufpassen, denn die Alte würde sogar Telefongespräche mithören können. Sobald ich ein leises Klicken hören würde, hätte sie die Mithörtaste gedrückt. Er selbst sei auch schon mal abgehauen. Ihm sei das alles zu viel geworden, da habe er seine Sachen gepackt und sei weggegangen, Da er aber keine Familie mehr hatte, sei er dann doch wieder zurückgekommen. Besser als nichts sei's dann schon hier, aber man müsse echt aufpassen! Das hatte ich ja auch schon gemerkt. Die Seniorchefin war immer gestresst und keifig, ich meine natürlich grantig! In der Zeit war es auch einmal, dass ich für sie einen Marmorkuchen backen musste, weil sie Besuch bekommen sollte! Da hat sie mir auch zwischendrin die Rührschüssel aus der Hand genommen und lieber selbst den Teig gerührt.

In den Kellerräumen wurde wie gesagt auch das Büro des Hotels untergebracht. Auf meine Frage, wo das Büro denn zuvor gewesen sei, hieß es: „Unterm Dach".
Eines Tages sollte es dann eine besondere Überraschung für Astrid und mich geben. Erwartungsvoll stiegen wir im Haupthaus die Treppen hoch und kamen in ein kleines Zimmer. Die Überraschung war, dass wir beide ab jetzt dort schlafen sollten (dort war es dann auch, dass der Philipp mich anrief!).
Ich fragte, was denn vorher in dem Raum war. Dort war das Büro! Da musste ich erstmal herzhaft lachen. Es war alles so futzelig und klein dort unterm Dach. Als Philipp uns diesen Ort als unser neues Domizil freigab, sagten wir erstmal gar nichts mehr. Das Besondere an diesem Raum war vor allem seine Aufteilung: Man betrat das Zimmer, es hatte einen kleinen Vorraum und von dem führten dann zwei nebeneinander liegende Türstöcke in den nächsten noch kleineren Ecken. Da alles weiß und freundlich aussah, fiel es mir zunächst gar nicht auf. Vielleicht wollte es einem auch gar nicht einfallen. Denn hier handelte es sich tatsächlich um einen umgebauten <u>Ort</u>, also um eine ehemalige

Damentoilette. Da die eigentlichen Toiletten ja ausgebaut waren und wir wussten, dass hier das Büro gewesen ist, fiel es uns einfach nicht auf. Wir wurden ja auch voller Begeisterung in unser „neues Reich" geführt. Da uns auch nichts anderes übrigblieb, stimmten wir dem Umzug natürlich zu. Was uns eigentlich auch zu Denken hätte geben müssen, war das Waschbecken, das auch im ersten Teil des Zimmers war. Ich fragte dann auch noch, wo denn unsere Betten wären. Da antwortete der Philipp, die würden maßgefertigt eingebaut werden, als Stockbett. Klasse! Diese maßgeschneiderten Betten waren dem entsprechend nämlich ziemlich kurz!

Selbst mir, die ich ja nicht besonders lang bin, war mein unteres Bett zu kurz. Ich musste immer recht gequetscht liegen. Astrid war noch ein bisschen kürzer geraten als ich, aber auch sie musste sich kleiner machen. Immerhin hatten wir ein Waschbecken im Zimmer. Um unsere Zahnbürsten etc. abzulegen wurde uns sogar eine weiße Ablage aus Kunststoff an die Wand genagelt! Zur Toilette mussten wir nach unten auf eine der allgemeinen des Hauses. Auch immer schnell schnell, damit es nicht zu lang besetzt war! Ob es da eine Dusche gab, weiß ich gar nicht mehr, aber wahrscheinlich schon. Jedoch erinnere ich mich daran, dass wir vom Personal einmal ins Schwimmbad durften, nachdem die dortigen Reparaturarbeiten beendet waren und das Wasser wieder eingefüllt war. Aber natürlich auch nur nach gründlichstem Duschen. Die Duschräume und die Saunalandschaft (also Duschen und Holzzuber, in den man nach der Sauna ins eiskalte Wasser geht) mussten wir vorher natürlich erst supergründlich schrubben. Nachher komischerweise nicht mehr so sehr. Bei diesem Auftrag muss ich an die grässliche dicke schwarze Spinne denken, die mir aus einem kleineren Holzgefäß, in dem ein Holzschöpflöffel war (für den Aufguss), gierig entgegenkrabbelte. Igitt igitt! Überhaupt gab es da im so genannten Fitnessbereich jede Menge dieser achtbeinigen Geschöpfe, vor denen ich mich damals noch sehr ekelte.

Da fallen mir noch so manche kleinen Geschichten ein: z. B. unser Kinobesuch in Salzburg. Wir, das waren – ich glaube sie hieß Claudia – und ich, also wir beide fuhren mit ihrer roten Ente nach Salzburg runter, um uns im Kino „Dirty Dancing" anzuschauen. Die Filmmusik hatte uns schon mehrere Tage beim Putzen begleitet. An einem freien Abend also machten wir uns in besagter Ente auf den Weg. Draußen war alles weiß verschneit, im Auto dementsprechend kalt. War aber egal. Wir beide waren bester Stimmung, weil wir wenigstens für ein paar Stunden dem Hotel entkommen konnten. Wir fühlten uns großartig! Endlich Ausgang, was sich nicht nur so ähnlich anhört wie Freigang, sondern sich auch so angefühlt hat. Vollkommen euphorisch mussten wir aber dennoch den Rückweg wieder antreten. Und der war wirklich schwer. Nicht „steinig und schwer", sondern sehr rutschig! Im Laufe des Abends war die Straße zugefroren. In den Kurven lagen scheinbar noch Schneereste, man konnte es beim Durchdrehen der Räder ab und zu hören. Es war eigentlich angsteinflößend, als wir uns so langsam Kurve für Kurve hoch auf den Zauberberg vorarbeiteten. Claudia und ich aber blieben trotz mancher Schrecksekunden – wir sahen auch fast nichts in dieser unglaublich schwarzen Nacht – recht ruhig. Denn falls wir nicht oben ankommen sollten, hätten wir's ja eigentlich ganz gut erwischt. Schlimmer als die Arbeit im Hotel konnte der Absturz gar nicht sein. Ja, irgendwie waren wir schon ein wenig enttäuscht, als wir wieder wohlbehalten an unserem Ausgangspunkt angelangt waren.

Es gab aber auch manche heftigen Ereignisse. So etwa die mit dem Lehrlingsmädchen Katja. Sie war, wie eigentlich jeder sehen konnte und musste, krank. Sie hatte fiebrig glänzende Augen und war vollkommen fertig. Nun, da sie ja krank war, bekam sie von der Chefin Schonkost zugeteilt: Tee und etwas Zwieback. Nachdem wir anderen sie drauf aufmerksam machten, ließ die Chefin schließlich doch einen Arztbesuch zu. Der hatte natürlich seine Praxis unten in der Stadt und so musste die Kranke erstmal dorthin gelangen. Auf Überredungskünste eines anderen Mädels, nahm sie ein Taxi. Von einer anderen Person durfte sie nämlich nicht gebracht werden, denn schließlich mussten wir anderen ja ohne Unterbrechung weiterputzen. Irgendwann kam Katja dann aus Salzburg zurück. Zu ihrem Unglück hatte der Arzt, also die Praxis grade an diesem Tag am Nachmittag geschlossen (war wahrscheinlich ein Mittwoch…). Ihr ging es nach wie vor schlecht. Schlechter noch als am Vormittag. Das Einzige, was der Seniorchefin dazu einfiel war, dass Katja die Zeit, die sie jetzt sozusagen vertrödelt hatte, nacharbeiten musste. Sie musste also noch vier Stunden lang putzen. Als dann am nächsten Tag der aufgesuchte Arzt die Diagnose „Rippenfellentzündung" stellte, dann endlich war Bettruhe erlaubt. Ein Hammer war das. Dermaßen heftig. Ein Ausbeuterladen ohne Vergleich!

Mir erging es auch einmal recht, na ja ich nenn es mal <u>inte-ressant</u>! Da ich ja als Ausländerin in Salzburg war, benötigte ich eine Aufenthaltsgenehmigung. Und um dort im Hotel arbeiten zu dürfen, brauchte ich eine Arbeitsgenehmigung. Ohne das eine ging das andere nicht. Und so bot mir der Sohn des Hauses an, mich an einem Morgen um acht Uhr mit nach Salzburg runter zu nehmen. Alles klar. Ich war schon etwas aufgeregt, und zu spät kommen wollte ich na-türlich auch nicht. Und so stand ich bereits um viertel vor acht am vereinbarten Treffpunkt. Nur er, der Philipp, war nicht da. Noch nicht, dachte ich. Dem war aber nicht so. Ich erfuhr nämlich, er sei bereits um halb acht gefahren. Dieser Depp! Ich hab mich ganz schön über ihn geärgert! Es half nichts, ich musste ja in dieses Büro in der Stadt. Weil vom Zauberberg nur ein bis zweimal am Tag ein Bus runterfuhr, musste ich ein teures Taxi nehmen. Die nächste Überra-schung erlebte ich dann in dem zuständigen Büro. Auf meine Bitte um das für mich wichtige Formular, erhielt ich keines. Der zuständige Beamte teilte mir mit, er hätte dem Herrn Hotelchef erst einen Tag zuvor einen ganzen Stapel der Formulare mitgegeben. Ich solle mir doch bitte eines von ihm geben lassen. Na super! Ich fühlte mich dermaßen ver…! Ohne Umwege trat ich aber dennoch direkt den Rückweg an. Ich wollte ja schließlich nicht noch zum Nach-arbeiten verdonnert werden!! Als ich wieder oben ange-kommen war, war auch der Philipp bereits zurück. Ich sprach ihn auf die Formulare an, die der Beamte ihm doch bereits gegeben hatte. Er aber verneinte dies. Er habe gar nichts bekommen, er sei auch gar nicht dort gewesen.

Vielleicht sein Vater? Und so war es dann auch. Der Senior hatte die ominösen Blätter! Der war überhaupt ein ganz anderer Mann. Er passte so gar nicht zu dieser garstigen Familie. Er war ein feiner Herr, ein richtig freundlicher und netter. Er entschuldigte sich sogar bei mir für die Umstände, die ich durch ihn gehabt hätte. Ich weiß noch wie er mir einmal beim Blumengießen beinahe sein Herz ausgeschüttet hat. Da erzählte er mir, dass er in seiner Familie nichts mehr zu sagen hätte und nur noch für die Blumen gut sei. Er tat mir richtig leid. Aber so schien es wirklich zu sein, denn ihn bekam man nie zu Gesicht. Wenn es um dienstliche Angelegenheiten ging, waren immer Mutter und Sohn die Ansprechpartner. Er, der früher alles mit aufgebaut hatte, war abgeschrieben. So sah es jedenfalls aus.

Etwas anderes gab es auch noch. Die Astrid, mit der ich das Zimmer teilte, kippte eines Morgens um, als wir uns auf den Weg zur Arbeit nach unten machen wollten. Sie fiel einfach hin. Sie lag halb auf der Seite und starrte vor sich hin. Ich war völlig hilf- und ahnungslos und wusste nicht, was mit ihr los war. Vollkommen erschrocken merkte ich wie sie zitterte und total verkrampfte. Ich sehe sie wieder vor mir, wie sie da liegt und in einen Beutel zu beißen scheint. Dieser blaue Beutel war letzten Endes ein Segen, denn Astrid hatte, was ich damals noch nicht ahnte, einen epileptischen Anfall. Dabei kann es passieren, dass sich der jenige, der den Anfall hat, im Krampf auf die Zunge beißt und sich die im schlimmsten Fall sogar abbeißt! Das habe ich zumindest später gesagt bekommen. Wie gesagt, in diesem Moment damals wusste ich nichts davon. Ich sah sie da nur zitternd und verkrampft liegen. Erschreckt haben mich auch ihre Augen. Sie waren weit aufgerissen und blickten leer nach oben. Genauso wie damals bei unseren Freunden mit dem Bauernhof das eine Schwein im roten Renault als es im Kofferraum lag und die Augen ebenso verdrehte. Wenige Augenblicke später war es tot.

Ich hatte also eine dermaßen riesengroße Angst! Weil ich Astrid ja nicht allein lassen konnte, gab es für mich nur eine Möglichkeit: Ich redete auf sie ein. Oder besser gesagt, ich versuchte mit ihr zu sprechen. Ich fragte sie, was mit ihr los sei, ob sie aufstehen könne und so. Schließlich versuchte ich, sie in mein Bett zu legen. Ich schaffte es, sie halb zu tragen, halb zu ziehen um sie auf mein Bett zu legen. Mir kam alles so gespenstisch vor. Sie antwortete auch nicht. Gar nichts. Als ich sie schließlich auf dem Bett hatte, wurde sie auch ruhiger. Inzwischen schälte ich ihr auch eine Banane, weil ich dachte, sie hätte Kreislaufprobleme, denn sie hatte ja auch noch nichts gegessen. Ich bemühte mich, ihr klar zu machen, dass sie unbedingt ein Stück der Banane essen müsse. Doch anstatt das zu tun, fragte sie nur, warum sie in meinem Bett liege. Da erzählte ich ihr, was geschehen ist: „Du bist doch eben umgekippt! Du hast da auf dem Boden gelegen. Weißt Du das nicht mehr?" Nein, das wusste sie nicht. Auch schien sie mir nicht dankbar zu sein, sondern war eher sauer. Ich begriff gar nichts mehr. Sie wollte auch nicht, dass ich irgendwen hole. So sind wir dann zusammen runter gegangen. Weil wir natürlich zu spät gekommen sind, musste ich ja sagen warum. Nach ein paar Tagen war Astrid dann nicht mehr da. Sie wurde von ihren Eltern abgeholt und war froh, dem ganzen Wahnsinn entkommen zu sein. Was ich erst später erfuhr war, dass sie aufgrund ihrer Epilepsie natürlich nicht in der Gastronomie arbeiten konnte. Wenn sie beispielsweise in der Küche solch einen Anfall erleiden würde, könnten die Folgen lebensgefährlich sein.

Ich beneidete Astrid darum, dass sie auf diese Weise den Horror im Hotel hinter sich hatte.

Sie sagte mir bevor sie fuhr, dass ich es auch sicher schaffen würde, bald weg zu kommen.

Astrid wohnte in Attnang-Puchheim, das liegt in der Nähe von Linz (in Österreich). Dort habe ich sie später auch mal für ein Wochenende besucht. Da berichtete sie mir, dass sie jetzt Medikamente bekommt und es ihr recht gut ginge, da die Anfälle seltener kämen. Sie tat und tut mir echt leid, denn diese Krankheit ist richtig schlimm. Man kann sich danach wohl auch erstmal nicht mehr erinnern, was war.

So gesehen habe ich wirklich viel gelernt im Hotel vom Zauberberg.

Ja, nur leider ging das bei mir nicht so schnell! Irgendwie schien es, als glaube mir die Mami nicht,

dass das Leben in dem äußerlich feinen Hotel für mich wie Sklavenarbeit war. Einmal als sie und Papi (der Frankus war nicht dabei) mich dort besucht haben, sollten wir uns ruhig ins Restaurant setzen und dort auf Kosten des Hauses etwas bestellen. Ich weiß noch genau, wie unbehaglich ich mich da fühlte. Außerdem scharwenzelte ständig diese Lieblingsmitarbeiterin vom Philipp um uns herum. Die, die zu jedem Kleidungsstück ein passendes Mascherl trug. Für nicht Österreichisch Verstehende: Mascherl bedeutet Schleiferl, in dem Fall Haargummi. Da stand die Seniorchefin voll drauf! Auf jeden Fall war diese „Kollegin" durch ihre permanente Anwesenheit so störend! Man hatte das Gefühl, sie belausche jedes Wort, was sie ja vielleicht auch wirklich tat. Dem Ganzen wurde später ja noch die Krone aufgesetzt, als mein Vater doch alles bezahlen musste! Und wie sie mir diesen überdimensionalen Eisbecher auch noch aufgedrängt hatte, die Hexe! Wir sind daraufhin dann doch noch außerhalb des Hotels irgendwo etwas trinken gegangen, wo ich dann auch frei reden konnte und erzählte, wie es mir tatsächlich ging.

Ja, und letztendlich bin ich ja dann auch wieder zurück nach München, also heimgekommen.

Ich war dermaßen erleichtert als mir meine Mami und mein Papi (wieder einmal) den Weg frei machten und ich nach Hause zurückkehren konnte. Dort musste ich mir dann schnellstmöglich eine andere Lehrstelle suchen, was sich als gar nicht so einfach herausstellte, so mitten unterm Jahr.

Doch das ist wiederum ein anderer Abschnitt in meinem Leben, über den ich möglicherweise ein andermal schreibe.